CE LIVRE
APPARTIENT À :
OFFERT PAR :
REÇU LE :

## RETROUVEZ FUTÉKATI
## DANS LA BIBLIOTHÈQUE ROSE

*Futékati et le poisson d'avril*

*Futékati et le fantôme*

*Le secret de Futékati*

*Futékati et la farce de Corentin*

*Futékati et le voleur du musée*

*Futékati et le magicien*

*Futékati et le concours de natation*

*Futékati au secours de Quentin*

Béatrice Nicodème

*Les énigmes de Futékati*

# Futékati et le concours de natation

Illustrations de François San Millan

HACHETTE

Hachette Livre, 43, quai de Grenelle, 75015 Paris.

J'ai 7 ans et je m'appelle Futékati. Tu trouves que c'est un drôle de prénom ? C'est papa qui l'a choisi, et papa est japonais. Il paraît que je lui ressemble : j'ai les yeux et les cheveux noirs comme la nuit.

J'ai un grand frère : Niko. En réalité il s'appelle Nicolas, mais je l'appelle Niko parce que c'est plus rigolo. Lui, il ressemble à maman : il a des lunettes et les cheveux tout bouclés.

Maman est professeur de chant. Elle a la plus belle voix du monde. En tout cas, c'est ce que dit papa.

Papa, lui, est docteur, un docteur pas comme les autres : il soigne les malades en leur enfonçant des petites aiguilles un peu partout. C'est bizarre, non ? Mais il paraît que ça ne fait pas mal du tout.

Et puis, on a un chat. On l'a appelé Jokari parce qu'il court aussi vite qu'une balle de jokari !

# 1

# Le concours de natation

Cette année, pour les vacances, papa et maman nous ont emmenés à la mer. J'adore la mer ! On va à la plage tous les jours. Niko et moi, on construit des châteaux de sable géants. Ce matin, on est allés pêcher. On a rapporté des crevettes et le cuisinier de l'hôtel les a fait cuire. C'était aussi bon que du chocolat ! Enfin, pas exactement, quand même...

Papa nage comme un poisson et il a décidé de m'apprendre. Je trouve ça très amusant. Niko, lui, a déjà appris à l'école. Maman nage vite, elle aussi, mais elle préfère plutôt lire sous le parasol. De temps en temps, elle fait une vocalise pour vérifier si sa voix n'a pas fondu au soleil et tout le monde la regarde d'un air étonné.

Jokari, lui, a très peur de

l'eau, comme tous les chats ! Il passe ses journées roulé en boule sous une serviette. Parfois la serviette fait des bonds, quand il essaie d'attraper une puce de mer.

On habite à l'hôtel du Bigorneau. C'est une drôle de maison biscornue avec des fenêtres partout.

À l'hôtel, il y a des gens très amusants.

Il y a d'abord Monsieur

Grondin. C'est un vieux monsieur, rond comme une toupie. Il a d'énormes sourcils blancs et, sur son crâne, trois cheveux en forme de point d'interrogation. Il rouspète sans arrêt : sa table est trop au soleil ou trop à l'ombre, la viande est trop cuite ou pas assez, la glace est trop molle ou trop dure. Ses vêtements sont couverts de taches et les lacets de ses chaussures sont toujours défaits.

Pour faire enrager Niko, je lui ai dit qu'il ressemblerait à Monsieur Grondin quand il serait vieux. Alors il m'a répondu :

« Et toi, quand tu seras une

vieille mémé, tu seras comme Mademoiselle Abricot! »

Mademoiselle Abricot est toujours très élégante. Sa bouche ressemble à une framboise, à cause du rouge à lèvres. Elle a une voiture de course orange et elle nage comme une championne.

Elle a juste un petit défaut : elle est très maniaque. Quand elle se met à table, elle regarde ses couverts en fronçant les sourcils et elle les remet bien droit. Et puis elle passe son temps à se recoiffer et à vérifier si sa robe n'est pas chiffonnée !

Vraiment, Niko exagère. D'accord, je range toujours mes affaires, mais je ne suis pas aussi maniaque que Mademoiselle Abricot !

À la table qui se trouve derrière celle de Mademoiselle Abricot, il y a deux amoureux. Ils s'appellent Dominique et Dominique. Ça doit faire drôle de s'appeler comme son amoureux !

Ils sont toujours habillés de

la même manière, avec un pantalon blanc et un tee-shirt noir. Niko et moi, on les appelle les dominos. Ils ne parlent à personne. Ils se regardent tout le temps en souriant, sans rien dire. Moi, je trouve que ça leur donne l'air un peu bête.

Mon amoureux à moi, il s'appelle Rémi. On est dans la même classe. Je lui fais plein de sourires, mais on discute aussi beaucoup... Papa et maman, c'est pareil : ils sont amoureux, mais ils parlent tout le temps. Quelquefois, même, ils se disputent.

Et puis il y a les Meltou. Monsieur Meltou est un tout

petit bonhomme qui lit le journal à table. Madame Meltou n'arrête pas de surveiller ce qui se passe autour d'elle et elle donne des conseils à tout le monde.

Aujourd'hui est une journée très importante. À trois heures, il y a un concours de natation

pour les pensionnaires de l'hôtel. Tout le monde va y participer. Sauf Jokari, bien sûr ! Et sauf moi, parce que je ne sais pas encore assez bien nager.

Même le vieux Monsieur. Grondin va nager avec les autres. Il prétend avoir été champion quand il était jeune. Je n'aurais jamais cru qu'un sportif pouvait devenir aussi gros ! J'espère que la mer ne va pas déborder lorsqu'il plongera de la jetée !

En attendant l'heure du concours, je prends un bain de soleil sur la terrasse de l'hôtel. Dans le jardin, Monsieur Meltou lit le journal. Madame

Meltou, elle, est dans la cuisine. Elle doit être en train d'expliquer au patron comment laver la vaisselle ! D'autres sont allés faire de la gymnastique.

Tout à coup, le patron de l'hôtel m'appelle :

« Quelqu'un demande ton papa au téléphone. Tu veux bien répondre à sa place ? »

Le téléphone, moi, j'en suis folle. Comme papa est médecin, il y a souvent des malades qui l'appellent, et quand je suis toute seule à la maison c'est moi qui leur réponds.

Je vais donc au téléphone et je dis :

« Futékati à l'appareil ! »

Une drôle de voix me chuchote :

« Il y a un blessé au camping. C'est trop grave pour qu'on le transporte. Est-ce que ton père pourrait venir tout de suite ?

— Bien sûr ! Dites-moi où est le terrain de camping... »

La voix me donne des explications un peu compliquées. Pourvu que je m'en souvienne ! Et pourvu que je trouve papa !

Heureusement, je crois savoir où il est. Il a dit tout à l'heure qu'il allait dans les rochers. Son endroit préféré, c'est une petite crique avec du sable blanc comme du sucre.

Je cours aussi vite que je peux jusqu'à la crique.

Ouf ! Papa y est ! Tout essoufflée, je lui raconte le coup de téléphone.

« Je ne comprends rien à tes explications, Futékati. Tu

vas m'accompagner, sinon je ne trouverai jamais le terrain de camping ! »

Nous voilà partis tous les deux.

« Avec cette histoire, je vais rater le concours de natation, soupire papa. Tant pis ! Il faut d'abord soigner le blessé ! »

Malheureusement, nous avons beau chercher de tous côtés, nous n'apercevons pas le moindre terrain de camping à l'horizon ! Est-ce qu'une tempête a fait s'envoler toutes les tentes ?

Lorsque nous rentrons, le concours de natation est commencé depuis longtemps. Papa m'emmène à toute vitesse à la plage. Nous arrivons juste au moment où l'on proclame le résultat.

C'est Monsieur Meltou qui a gagné ! Pour le récompenser, on lui offre une magnifique paire de palmes jaune citron. Tout le monde applaudit.

Mademoiselle Abricot, elle, a l'air très vexé. Elle a perdu son maillot de bain en plongeant ! Elle a eu un mal fou à le remettre. Alors, bien sûr, elle est arrivée dans les derniers, juste devant les dominos. Ces deux-là, quand on a donné le départ, ils ont dû se regarder en souriant au lieu de plonger comme les autres !

« Où est donc Monsieur Grondin ? demande soudain maman. J'espère qu'il ne s'est pas noyé ! »

Madame Meltou hausse les épaules en disant :

« Mais voyons, Monsieur Grondin n'a pas participé au

concours ! Vous avez bien vu qu'il n'était pas sur la jetée tout à l'heure !

— Ah non, je n'avais pas remarqué, répond maman. J'étais tellement inquiète que mon mari n'arrive pas... »

Madame Meltou explique d'un ton revêche :

« Il a décrété que l'endroit choisi pour le concours était ridicule. »

Monsieur Grondin n'est jamais content...

Madame Meltou n'a pas l'air très content non plus. Elle doit être furieuse de ne pas être arrivée la première !

En rentrant à l'hôtel, papa

raconte notre mésaventure à l'hôtelier.

« C'est bizarre, répond celui-ci. Il n'y a pas de terrain de camping dans les environs. À mon avis, quelqu'un vous a fait une blague !

— Une blague ? s'exclame papa. Je ne vois pas pourquoi ! »

Moi, je crois savoir pourquoi. Papa nage très vite. S'il avait participé au concours, il aurait sûrement gagné. Mais, à cause de ce mystérieux coup de téléphone, il n'était pas là pour le départ de la course !

J'explique tout ça à Niko, qui s'écrie :

« Alors, ça doit être Monsieur

Meltou qui a appelé ! Il voulait à tout prix arriver le premier !

— Non, ce n'est sûrement pas lui.

— Pourquoi ? C'était une voix de femme ?

— Peut-être... Mais peut-être que non... La voix chuchotait tellement qu'on ne pouvait pas savoir.

— De toute façon, on s'en fiche ! s'énerve Niko. On sait bien que papa est le meilleur nageur de toute la plage ! »

Pour papa, Niko a raison. Mais pour le reste...

Moi, je sais qui a fait cette blague.

**Et toi aussi, sans doute !**

*terrain de camping, elle espérait arriver la première... Mais voilà : elle a perdu son maillot de bain en plongeant !*

***C'est Mademoiselle Abricot !***

*Car Monsieur Grondin a finalement décidé de ne pas participer au concours. Il n'avait donc aucune raison d'éloigner papa.*

*Les dominos, eux, ne parlent à personne. Ils ne peuvent donc pas savoir que papa est médecin...*

*Monsieur Meltou était dans le jardin de l'hôtel avec moi lorsque le téléphone a sonné. Et Madame Meltou se trouvait dans la cuisine. Ni l'un ni l'autre n'ont donc téléphoné.*

*Tandis que Mademoiselle Abricot, qui nage très vite, voulait à tout prix gagner le concours. En envoyant papa à la recherche du*

# 2

# L'anniversaire de Niko

Aujourd'hui, à midi, Niko a eu douze ans. Papa et maman disent que, quand il est né, il a crié tellement fort qu'on n'entendait même plus sonner les cloches de Notre-Dame.

Pas étonnant ! Niko crie tout le temps : il crie quand son chocolat est tiède, il crie quand il ne trouve plus ses feutres, il crie quand les pneus de son vélo sont à plat… Quel caractère !

Mais ça ne fait rien. J'adore Niko, et pour son anniversaire je lui ai acheté un livre sur les avions. Moi, je n'aime pas trop les avions mais c'est la passion de Niko, alors…

Ce matin, avec maman, j'ai préparé des kilos de gâteaux pour le goûter d'anniversaire. Il y en a de toutes les formes, des ronds, des cônes et des croissants. Il y en a au chocolat, aux amandes, à la noisette et à la noix de coco. Jokari est resté tout le temps à côté de nous, à tirer sa petite langue rose pour attraper les miettes qui lui passaient devant le nez.

Maintenant, ça sent le miel et le chocolat dans tout l'appartement!

Et moi, je ne serai même pas là pour le goûter, parce que je dois aller à mon cours de danse. « On répétera le spectacle de Noël, a dit Madame Arabesque. Interdiction de manquer le cours, à moins d'avoir 40 de fièvre! »

Donc je ne serai pas là pour le goûter de mon frère, et ça,

c'est très ennuyeux. Je sais comment ils sont, les copains de Niko ! Jean va jouer de ma guitare avec ses mains pleines de confiture... Xavier va vouloir sentir mon eau de toilette au muguet, dans la salle de bains, et il va renverser le flacon... Oscar, qui met toujours son nez partout, va sûrement se faufiler jusque dans ma chambre. Et s'il allait lire les secrets écrits dans mon carnet ?

Alors, pendant qu'elle découpait des souris dans la pâte d'amande, j'ai supplié maman :

« Tu leur interdiras d'entrer dans ma chambre, hein ? Ils

abîmeraient tout ! Jure-le-moi, maman ! »

Maman a ri.

« Bon, d'accord ! Mais ce n'est pas la peine de t'énerver comme ça ! Je ne vois pas pourquoi ils auraient envie d'aller dans ta chambre... »

On voit bien que maman ne

connaît pas les garçons... Mais moi, je me méfie. Avant de refermer ma porte, je laisse une boule de papier froissé derrière. C'est un piège. Si quelqu'un entre, je m'en apercevrai tout de suite...

Madame Arabesque n'a pas l'air de très bonne humeur aujourd'hui. Elle n'arrête pas de dire que je danse comme une pantoufle. Comme si une pantoufle pouvait danser !

Enfin, ça y est, le cours est terminé. Vite ! J'enlève le justaucorps, j'enfile mon pantalon, je n'oublie pas les ballerines, au revoir aux

copines... et en route pour la maison !

Je grimpe les deux étages quatre à quatre, je sonne, maman m'ouvre... Je cours vers ma chambre. J'entrouvre doucement la porte... Ah, j'en étais sûre ! La boule de papier n'est plus là où je l'avais posée. Elle est allée rouler jusque sous mon lit ! Quelqu'un est entré ! Ça ne va pas se passer comme ça ! Je vais me venger ! Je vais démolir la maquette d'avion que Niko a presque terminée !

Au moment où je me précipite dans le couloir, j'entends soudain une petite voix qui chuchote à mon oreille.

C'est la voix de Myosotis !

Myosotis, c'est ma sœur. Pas une vraie, bien sûr, juste une sœur que j'ai inventée. Elle est coiffée comme moi, avec une grande natte dans le dos, mais ses cheveux sont de la couleur du miel et elle a les yeux aussi bleus que des myosotis. Elle n'est pas là tout le temps. Elle vient surtout me voir quand j'ai envie de pleurer ou que je suis très en colère. Avec Myosotis, les choses se terminent toujours bien.

Cette fois, par exemple, elle me dit :

« Du calme, Futékati ! Ce n'est pas forcément un des

garçons qui est entré dans ta chambre. C'est peut-être maman ! Elle a dû trouver qu'il y avait trop de bruit dans l'appartement et elle est venue ici pour être tranquille... D'ailleurs, est-ce que ta chambre est en désordre ? Non ! Alors ! tu vois bien ! »

C'est vrai, ça. Myosotis a raison : toutes mes affaires semblent à la même place que tout à l'heure.

Sur la cheminée, il y a bien la bonbonnière que m'a donnée grand-mère, avec les bonbons à la myrtille qui font la langue toute violette... À côté, mon chat-tirelire en porcelaine me regarde en coin, avec ses moustaches frisées et ses yeux brillants... Et ma boîte à bijoux... Je les compte et les recompte : ils y sont bien tous... Par terre, devant la cheminée, ma corbeille à papiers est là, elle aussi, avec

un papier de bonbon. Tiens! je croyais l'avoir vidée ce matin? Enfin, bref, tout est à la même place.

Et sur la table? Mes dessins sont bien empilés, ma boîte de feutres est complète. Et puis il y a ma collection de timbres...

Mais... J'en étais sûre! Quelqu'un l'a feuilletée!

Quelqu'un a pris mon timbre préféré, le perroquet de toutes les couleurs ! Ah ! Myosotis peut toujours dire ce qu'elle veut, ils vont m'entendre, ces garçons de malheur !

J'ouvre la porte du séjour comme une furie. Ils sont tous là, en train de regarder un film, comme si de rien n'était !

Évidemment, dès que j'éteins la télévision ils se mettent à pousser des cris, surtout Niko. Mais moi aussi, je suis capable de crier, quand je veux ! Je prends l'air très fâché et je dis très fort, en articulant bien, comme la maîtresse lorsqu'elle nous dicte un devoir :

« Qui-est-en-tré-dans-ma-cham-bre ?

— Dans ta chambre ? Qu'est-ce que tu veux qu'on y fasse ? dit Oscar.

— Une chambre de fille, avec des poupées et des rideaux en dentelle, tu parles ! ajoute Jean.

— Ah bon ? Tu as une chambre ? Tu ne dors plus dans un berceau à côté de tes parents ? demande Xavier.

— Si tu ne décampes pas tout de suite, crie Niko, je te coupe ta natte et je te la fais manger avec de la sauce tomate ! »

La natte à la sauce tomate, c'est la menace préférée de

Niko. C'est vraiment intelligent!

Je crie plus fort que lui :

« Vous allez me dire tout de suite qui a regardé ma collection de timbres et volé le perroquet! »

Oscar éclate de rire et se plie en deux comme s'il avait très mal au ventre :

« C'est moi! Je l'ai mangé! OOOH! que c'est lourd à digérer! Je suis MALAAADE! »

Xavier s'écrie :

« Mais non, Oscar! C'est moi qui ai volé le timbre. J'ai promis à Jean de l'échanger contre son déguisement d'extraterrestre. Hein, Jean?

— Oui, et j'ai refusé! Je déteste les timbres, c'est simple, rien que de voir un timbre, ça me donne mal à la tête... Ah, que j'ai MAAAL! »

C'est incroyable! En plus, ils se moquent de moi! S'ils croient qu'ils vont avoir le dernier mot, ils se trompent! J'ai ma petite idée pour démasquer le voleur. Je dis aux garçons :

« Je sais que quelqu'un est entré dans ma chambre et a pris ce timbre. Je vous préviens, j'ai un pouvoir magique. Vous allez tous ouvrir la bouche devant moi en faisant “ah !”, et je découvrirai le coupable. »

Niko hausse les épaules.

« Un pouvoir magique... Ma sœur est complètement folle ! Mais je vous conseille d'obéir, les gars, sinon elle va nous gâcher notre film. »

Les quatre garçons se plantent devant moi, en ouvrant la bouche comme un four et en roulant des yeux furieux. Ça n'est pas vraiment très joli à regarder.

Oscar a perdu deux dents en jouant au football.

Xavier porte un énorme appareil métallique.

Et Jean a la langue toute foncée !

Niko, lui, a de très jolies dents. Toutes blanches, comme celles de maman.

En tout cas, moi, je sais désormais qui est entré dans ma chambre et a volé mon timbre.

« Bon, alors, il t'a dit quoi, ton pouvoir magique? demande Niko en se grattant la tête.

— Mon pouvoir magique, il m'a donné le nom du voleur ! »

Bien sûr, je n'ai pas vraiment de pouvoir magique. Je suis juste un peu observatrice. De toute façon, maintenant, je connais celui qui a volé mon timbre.

**Qui est-ce, à ton avis ? Oscar, Xavier, Jean ou Niko ?**

***Jean, bien sûr!***

*Quand il a volé le timbre, il a vu la boîte de bonbons sur la cheminée et il en a pris un. Il a jeté le papier dans la corbeille, ce que j'ai tout de suite remarqué...*

*Quand on mange un de ces bonbons, on a la langue toute violette... Et Jean est le seul des quatre garçons à avoir la langue d'une drôle de couleur!*

*Pour une fois, Myosotis a dit n'importe quoi! N'empêche, je l'aime bien.*

# 3

# Le voyage de Célia

Ce matin, je me suis levée de très mauvaise humeur. Les vacances de Noël étaient terminées et on allait retrouver Mademoiselle Paprika, la maîtresse.

Je n'aime pas du tout Mademoiselle Paprika. Elle

postillonne tout le temps ! Surtout quand elle est en colère, et aussi quand elle prononce des mots qui commencent par **P**. Un jour, j'étais assise à côté de Pépita, au premier rang. Pépita a tiré la langue à Mademoiselle Paprika. Alors Mademoiselle Paprika a hurlé : « **P**é**P**ita tu es **P**riée de **P**rendre la **P**orte ! » J'ai reçu **P**lein de **P**ostillons dans la figure !

Mais, ce matin, j'ai eu une bonne surprise : Mademoiselle Postillon — euh, pardon, Mademoiselle Paprika — était malade !

Sa remplaçante a l'air très gentille. Elle s'appelle Madame

Cannelle. Elle dit tout le temps : *parfait !* et elle ne postillonne jamais.

Même quand elle a ramassé le petit papier sur lequel Rémi avait écrit : *Futékati, je suis amoureux de toi !*, elle a dit : *parfait !* en souriant.

Maintenant, c'est la récréation et on va pouvoir se raconter nos vacances.

Niko et moi, on est restés à la maison, alors je n'ai presque rien à raconter.

Rémi, lui, est parti chez ses grands-parents dans le Massif central. Il a pris le téléphérique et il a fait du ski.

Pépita est allée chez sa marraine qui habite en Écosse, dans un château.

Élisabeth a mangé trop de chocolats et elle a été malade pendant presque toutes les vacances!

Pauline, qui vient d'avoir un petit frère, a passé son temps à s'en occuper. Elle lui donnait le biberon et elle le changeait plusieurs fois par jour.

« Beurk ! s'écrie Célia. C'est dégoûtant !

— Quoi ? réplique Pauline. Tu n'as jamais changé un bébé ? Il faudra bien t'y habituer, si un jour tu as des enfants ! Et puis mon petit frère est drôlement mignon !

— Oui, enfin, chacun ses goûts, continue Célia. Si ça t'amuse de passer tes vacances à t'occuper d'un môme ! »

Je connais bien Pauline. Quand elle se met à cligner les yeux à toute vitesse, c'est qu'elle va pleurer. Et là, c'est ce qu'elle est en train de faire : ses cils ressemblent à des essuie-glaces complètement fous. Il faut absolument que je prenne sa défense. Je dis à Célia :

« Moi, si j'avais un petit frère, je m'en occuperais tout le temps. Et toi, d'ailleurs, qu'est-ce que tu as fait de si sensationnel pendant tes vacances ?

— Moi ? répond Célia en plissant le nez. J'ai pris l'avion. »

Pas de chance... J'espérais qu'elle était restée chez elle à s'ennuyer, ou qu'elle avait eu la varicelle... Qu'est-ce que je

vais pouvoir lui dire pour la remettre à sa place, maintenant ? Je lui demande :

« Ah bon ? Tu as pris l'avion ? Pour aller où ?

— À… En Australie !

— Ouah ! Génial ! s'écrie Rémi.

— C'est vrai, ce mensonge ? » demande Élisabeth.

Élisabeth n'aime pas Célia. Elle dit que c'est une vantarde. Elle a un peu raison, d'ailleurs : Célia, c'est « Mademoiselle Je-sais-tout » ! En plus, elle est la chouchoute de Mademoiselle Paprika. C'est toujours à elle que Mademoiselle Paprika demande d'effacer le tableau.

« C'est vrai, ce mensonge ? insiste Élisabeth.

— Je ne suis pas une menteuse ! crie Célia en tapant du pied.

— Oh, je te connais ! se moque Élisabeth. Tu serais bien capable d'inventer un

voyage en Australie pour nous épater !

— Je ne mens jamais ! hurle Célia.

— Alors pourquoi ton nez est tout plissé ? » réplique Élisabeth.

Cette fois, Célia se met à rugir comme un lion :

« Et ton nez, tu l'as vu ? On dirait une pomme de terre !

— Si tu es vraiment allée en Australie, poursuit Élisabeth sans se démonter, tu as sûrement pris des photos. Tu n'auras qu'à nous les apporter !

— D'accord ! » lance Célia d'un air crâneur.

Puis elle s'éloigne en haussant

les épaules et en marmonnant :

« C'était extra, l'Australie. C'était sûrement mieux que de rester à Paris comme une idiote ! »

Le plus drôle, c'est qu'après la récréation on a géographie, et que Madame Cannelle nous parle de l'Australie !

Il paraît qu'en Australie il y a des milliers de moutons et de kangourous. Et aussi des koalas, qui grimpent le long des troncs d'arbres.

Et puis c'est un pays très bizarre : comme il est situé de l'autre côté de la terre, tout est à l'envers... Quand c'est l'hiver ici, c'est l'été en Australie, et quand c'est l'été ici, c'est l'hiver là-bas ! En plus, dans ce pays, tout le monde parle anglais !

« Vous aimeriez aller en Australie ? demande Madame Cannelle.

— Oui ! » crie toute la classe.

Sauf Célia, évidemment ! Elle lève la main et déclare d'un air prétentieux :

« Moi, maîtresse, j'y suis allée pendant les vacances.

— Parfait ! approuve Madame Cannelle en souriant. Tu en as, de la chance ! Mais dis-moi, comment se fait-il que tu ne sois pas bronzée ? Il devait pourtant y avoir beaucoup de soleil ! »

Bravo, Madame Cannelle ! Élisabeth a sûrement raison : Célia ne peut pas être allée en Australie ! Elle est blanche comme un cachet d'aspirine !

Mais Célia répond du tac au tac :

« J'ai la peau très fragile. Alors maman me mettait une crème protectrice très forte, pour m'empêcher d'attraper des coups de soleil. »

C'est vrai, j'avais oublié ! En classe de mer, l'an dernier, Célia passait un quart d'heure tous les matins à se tartiner avec de la crème ! Au retour, on était tous noirs comme du chocolat et elle était blanche comme du coton !

« Tu as pris des photos ? demande Madame Cannelle.

— Oui, répond Célia en rougissant.

— Il faudra nous les apporter, alors !

— Oui, on a vraiment très très envie de les voir! insiste Élisabeth avec les yeux brillants.

— Parfait..., conclut Madame Cannelle. Et maintenant, un peu de silence! Qu'est-ce que vous avez tous à glousser comme ça? »

Madame Cannelle se trompe ; toute la classe ne glousse pas : Célia, elle, a l'air très embêté...

Aujourd'hui, on a encore géographie.

« Alors, Célia, ces photos d'Australie? demande Madame Cannelle.

— Justement, je les ai apportées, répond Célia en jetant un regard noir à Élisabeth. Mais il n'y en a pas beaucoup parce que j'ai eu un petit problème. J'ai ouvert mon appareil en plein jour, et la moitié des photos sont ratées.

— Ma pauvre ! » lance Élisabeth.

Madame Cannelle prend la pochette et regarde les photos. Il y en a si peu que c'est tout de suite fini.

« Parfait, dit-elle. Tenez, les enfants, faites-les circuler... C'est dommage que tu n'aies pas pris plus de paysages, Célia... Ce sont surtout des photos de toi

en train de manger des glaces ou en train de te baigner !

— C'est vrai, ça, renchérit Élisabeth. Finalement, ces photos, tu aurais aussi bien pu les prendre sur la Côte d'Azur !

— Ou en Bretagne ! » ajoute Pauline.

Cette fois, Célia devient toute rouge. Elle est tellement vexée qu'elle bafouille :

« Ah... ah bon ? Et des kangourous, vous en avez vu beaucoup, en Bretagne et sur la Côte d'Azur ? »

Tout le monde s'arrache les photos et Madame Cannelle ne sait plus où donner de la tête.

« Parfait, parfait ! crie-t-elle. Vous n'allez tout de même pas

vous battre pour des kangourous ! »

Soudain Élisabeth lève la main et dit d'une voix mielleuse :

« C'est drôle, maîtresse... Vous avez vu la photo du kangourou ? Dans le coin, on aperçoit un grillage... et puis un bout de panneau avec une inscription. La photo a dû être prise dans un zoo ! »

Madame Cannelle regarde attentivement et s'exclame :

« Tu es très observatrice, Élisabeth. Voyons ce qui est écrit sur la pancarte... IL EST INTERDIT DE... »

Célia, l'air furieux, se lève et

affirme en tapant du pied :

« Évidemment ! C'est très difficile de photographier des kangourous en liberté ! Alors mes parents m'ont emmenée dans une réserve, une espèce de zoo géant où on peut observer les animaux de près.

— Célia a raison, répond Madame Cannelle. En Australie, il y a beaucoup de réserves d'animaux... Parfait. Eh bien, maintenant, nous allons parler du Japon. C'est le pays de ton papa, n'est-ce pas, Futékati ?... Futékati ? Tu m'entends ? Tu pourrais tout de même me répondre ! »

Je n'entends pas Madame

Cannelle. Je suis en train de réfléchir…

Lorsque la cloche sonne, à onze heures et demie, je m'approche de Célia et je lui chuchote :

« Je ne le dirai pas aux autres pour qu'elles ne t'embêtent pas, mais moi je sais que tu as menti. Tu n'es pas allée en Australie ! Tes photos, tu les as prises en France ! »

J'ai l'air tellement sûre de moi que Célia devient toute rouge. Elle me demande :

« Comment tu as deviné ? »

**Et toi, tu sais comment j'ai deviné ?**

*Sur la photo du kangourou, on voit une partie d'un panneau sur lequel est écrit : IL EST INTERDIT DE...*

*Madame Cannelle a expliqué qu'en Australie on parlait anglais... Et IL EST INTERDIT, c'est du français ! La photo a donc été prise dans un zoo français !*

*Quelle tête de linotte, cette* **Célia** *! Elle ferait mieux de réfléchir avant de raconter n'importe quoi !*

# 4

# On a volé le magnétophone

Cet après-midi, quand je suis arrivée au cours de danse, Madame Arabesque était plutôt énervée.

Madame Arabesque, le professeur, est une dame très jolie. Elle est frisée comme un caniche. Quelle veinarde ! Moi, j'ai les cheveux tout raides, comme ceux de papa...

Madame Arabesque saute très haut et elle est tellement souple qu'elle peut se plier en huit... Et puis elle a une jolie voix... Elle me fait penser à une fée.

Mais quand on danse mal, elle fronce les sourcils d'un air sévère. Heureusement qu'elle n'a pas de baguette magique. Peut-être qu'elle nous transformerait en sauterelles, pour nous apprendre à danser !

En tout cas, cet après-midi, elle n'a pas l'air en forme : elle a la même tête que moi le jour où on m'avait volé un de mes plus beaux timbres.

« Aujourd'hui, les filles, il va falloir être très sages, annonce-t-elle. Pour la musique, c'est moi qui vais jouer du piano, alors je ne pourrai pas trop regarder comment vous

dansez… Il n'y a pas de magnétophone. »

Je saute en l'air de joie.

« Vous savez jouer du piano ? C'est magique ! »

Madame Arabesque sourit d'un air un peu triste.

« Magique, Futékati ? Pas vraiment ! Sais-tu pourquoi je vais être obligée de jouer du piano ? Parce qu'on a volé le magnétophone ! Le gros magnétophone que le directeur a acheté la semaine dernière !

— Oh ! s'écrie Morgane.

— Ah ! » fait Célia.

Et moi… Eh bien, moi, je me dis : « C'est simple, il n'y a qu'à retrouver le voleur ! »

Et je pose des tas de questions à Madame Arabesque :

« Quand vous êtes-vous aperçue du vol ? Est-ce que la porte était fermée à clé ou est-ce qu'on l'avait enfoncée ? Y avait-il des traces de pas, dans le couloir ? Est-ce qu'on avait cassé un carreau ?

— Toi, Futékati, j'ai l'impression que tu veux jouer au détective ! s'exclame Madame Arabesque. Mais ce n'est pas à une petite fille de démasquer le voleur ! Et puis vous êtes là pour danser. Allez, hop ! En ligne ! »

Personne n'obéit. Tout le monde proteste :

« Oh non, madame ! On veut vous aider à trouver le voleur !

— Ça me paraît difficile ! réplique Madame Arabesque en souriant. Il a dû venir pendant la nuit. Il a escaladé la grille. Ensuite, il s'est sans doute glissé par un des soupiraux de la cave qui était resté ouvert, puis il est monté au rez-de-chaussée et est entré dans la salle de danse. La porte n'est jamais fermée à clé... Le voleur fait sûrement partie de l'école. Sinon il n'aurait pas su qu'il y avait un beau magnétophone tout neuf... »

Madame Arabesque soupire, tout en tournant son pied droit, pour assouplir sa cheville. Madame Arabesque fait tout le temps des exercices. Quand elle prend l'autobus, je suis sûre qu'elle s'entraîne à la barre métallique !

Je lui demande :

« À votre avis, il est reparti comment, le voleur ? »

Madame Arabesque me regarde en écarquillant tout grands ses yeux et elle me répond :

« Eh bien, en ouvrant la grille, tout simplement ! »

Elle danse comme une fée, Madame Arabesque, mais elle

fait un très mauvais détective ! Je lui explique :

« S'il n'avait pas la clé pour entrer, il ne l'avait pas non plus pour sortir ! »

Madame Arabesque soupire encore, en faisant tourner son pied gauche :

« Tu as raison. Eh bien, alors, il est reparti comme il était venu : en passant par-dessus la grille. »

Soudain, la voilà qui fronce les sourcils. Est-ce qu'elle va nous transformer en sauterelles ?

Non ! Elle dit seulement :

« Allez, assez joué au détective. En ligne ! »

Puis elle s'assoit au piano et elle commence à jouer en agitant la tête. Cette fois, il n'y a pas à discuter !

Je m'applique à bien danser, comme les autres, mais j'ai déjà une petite idée sur le vol du magnétophone.

Quand le cours est terminé, je me précipite dans le jardin. Je longe la grille, derrière les buissons, en regardant bien par terre. C'est fou ce qu'on peut trouver dans un jardin ! Un os, deux pinces à linge, une bouteille de Coca vide, un bouton en cuivre, une corde à sauter toute pourrie, un paquet de cigarettes... Quel fouillis !

J'observe bien les barreaux métalliques, aussi. Ils sont vraiment poussiéreux ! C'est le royaume des toiles d'araignée !

Tiens, tiens... bizarre... En voilà deux qui sont tout propres... Même pas une toile d'araignée ! C'est sûrement à

cet endroit-là que le voleur a escaladé la grille...

Seulement voilà : QUI peut bien être le voleur ? J'ai beau me creuser la tête, tout le long du chemin jusqu'à la maison, je ne vois absolument pas !

Pendant le goûter, je raconte à Niko ce qui s'est passé. Aussitôt, il s'écrie :

« Tu as raison. Le voleur devait savoir qu'il y avait un magnétophone tout neuf. C'est forcément quelqu'un de l'école ! »

Ensemble, nous énumérons les coupables possibles.

Il y a le directeur, évidemment, mais il n'a sûrement pas volé le magnétophone, puisque maintenant il va être obligé d'en acheter un autre !

Il y a Madame Arabesque, mais je suis sûre que Madame Arabesque n'est pas une voleuse.

Il y a Vincent, l'homme de ménage, qui vient nettoyer les salles le soir, quand tout le monde est parti.

Il y a le professeur de dessin, Monsieur Vermillon.

Il y a le professeur de claquettes, Monsieur Pirouette.

Et il y a le professeur de judo de Niko, Mademoiselle Tonus.

« Ce qu'elle est drôle, Mademoiselle Tonus ! raconte Niko. Un jour, je l'ai rencontrée à la boulangerie... La boulangère l'a obligée à sortir de la boutique parce qu'elle fumait une cigarette. Tu te rends compte ? Elle fumait dans la boulangerie ! »

Niko a raison. Elle est un peu farfelue, Mademoiselle Tonus. Mais c'est pour ça qu'on l'aime bien. Et puis elle est tellement drôle ! Elle marche à toute vitesse et elle parle si vite qu'on ne comprend rien à ce qu'elle dit !

Tout le contraire de Monsieur Vermillon. Il est gros, il

a la figure toute rouge et il respire très fort. Il me rappelle les petits cochons qui sont dessinés sur les vitrines des charcuteries ! Il marche toujours très lentement en traînant son chien, un petit chien dodu qui lui ressemble un peu.

Tout à coup, maman apparaît à la porte de la cuisine :

« Dépêchez-vous un peu, les enfants ! Tu vas encore être en retard pour ton judo, Nicolas !

— Mais, maman, il n'y a pas de cours aujourd'hui ! Mademoiselle Tonus s'est fait opérer de l'appendice avant-hier !

— Ah oui, c'est vrai ! répond maman. Tu vas pouvoir finir ton devoir de maths, alors. Moi, il faut que je travaille... Dis-moi, Futékati, tu veux bien aller chercher une pizza à côté, pour ce soir ? Je n'aurai pas le temps de préparer le dîner. »

Maman donne un récital dans une semaine, alors elle

est très occupée. J'aime bien quand maman donne des récitals, parce qu'on mange beaucoup de pizzas.

Je descends donc au magasin qui est juste à côté de chez nous et j'achète une énorme pizza avec plein de fromage.

Au moment où je quitte le magasin, quelqu'un me rattrape. C'est Monsieur Pirouette, le professeur de claquettes. Il me dit en souriant :

« Alors, Futékati, tu es dans la lune ? Et ton porte-monnaie ? »

Zut ! Je l'ai oublié dans le magasin !... J'ai presque envie d'embrasser Monsieur Pirouette !

Si j'étais rentrée à la maison sans porte-monnaie, maman m'aurait sûrement privée de pizza !

Je le remercie et il me raccompagne jusque devant la porte de l'immeuble. Puis il me fait un petit signe de la main et il s'éloigne dans la rue.

Monsieur Pirouette me fait encore plus rire que Mademoiselle Tonus.

Je trouve qu'il ressemble à un personnage de bandes dessinées. Il a un pantalon orange et une chemise à carreaux. Il est toujours mal rasé, et ses cheveux rebiquent dans tous les sens comme les poils d'un

vieux balai. Aujourd'hui, il avait même attaché son pantalon avec une grosse ficelle parce qu'il avait perdu le bouton !

Dans la rue, il ne marche pas : il sautille. Et pour les claquettes, c'est un vrai champion !

Ce qu'elle est bonne, cette

pizza ! C'est la meilleure que j'aie jamais mangée !

Tandis que je me ressers une part, papa demande à maman :

« Tu as bien répété, aujourd'hui ?

— Oh oui ! répond maman. Je me suis enregistrée au magnétophone, et en m'écoutant j'ai trouvé que je chantais presque comme un rossignol ! »

Maman a raison. Elle chante aussi bien qu'un oiseau.

Mais en parlant du magnétophone, elle m'a rappelé celui qui a été volé. Qui a bien pu le prendre ?

Le directeur ? Vincent ? Mademoiselle Tonus ? Monsieur Pirouette ? Monsieur Vermillon ? Tout de même pas Madame Arabesque !

Tout à coup, en terminant le bord de ma pizza, j'ai une idée ! Je grimpe sur ma chaise en criant :

« J'ai trouvé ! Je sais qui a volé le magnétophone ! »

Évidemment, papa fronce les sourcils et maman m'oblige à me rasseoir. Ils ne se rendent même pas compte de l'importance de ma découverte ! Les parents sont parfois très agaçants !

**Mais, au fait, tu sais, toi, qui a volé le magnétophone ?**

*Je suis un peu triste que ce soit lui le voleur. C'est tout de même lui qui m'a rendu mon porte-monnaie quand je suis allée acheter la pizza…*

***C'est Monsieur Pirouette, le professeur de claquettes!***

*Comme il est sportif, il n'a pas eu de mal à escalader la grille!*

*Alors que Vincent et le directeur, qui ont la clé de la grille, n'auraient pas eu besoin de l'escalader... Monsieur Vermillon, lui, est beaucoup trop gros et essoufflé pour grimper comme un singe! Quant à Mademoiselle Tonus, elle est à l'hôpital...*

*Et puis tu te souviens que j'ai trouvé un bouton métallique près de la grille : c'est sûrement celui du pantalon de Monsieur Pirouette, qu'il a remplacé par une ficelle!*

## Table



Imprimé en France par ***Partenaires-Livres*** ®
n° dépôt légal : 52216 – décembre 2004
20.20.0260.05/8 ISBN : 2-01-200260.9

*Loi n° 49-956 du 16 juillet 1949*
*sur les publications destinées à la jeunesse*